LES AUTEURS

Steve Barlow est né à Crewe, au Royaume-Uni. Il a été tour à tour enseignant, acteur, régisseur et marionnettiste, en Angleterre et au Botswana, en Afrique. Il a rencontré Steve Skidmore dans une école de Nottingham. Rapidement, les deux Steve ont commencé à écrire à quatre mains. Steve Barlow vit maintenant à Somerset. Il aime faire de la voile sur son bateau qui s'appelle le *Which Way* (*De quel côté?* en français) car Steve n'a habituellement aucune idée de sa destination lorsqu'il part en mer.

Steve Skidmore est plus petit et moins chevelu que Steve Barlow. Après avoir réussi quelques examens, il a fréquenté l'université de Nottingham, où il a passé le plus clair de son temps à faire du sport et à exercer divers emplois d'été, certains épiques, comme celui où il devait compter des croûtes à tarte (vraiment!). Il a enseigné l'art dramatique, l'anglais et le cinéma, avant de faire équipe avec Steve Barlow et de se consacrer uniquement à l'écriture. Ensemble, les deux Steve ont écrit plus de 150 livres dont la collection *Mad Myths*.

L'ILLUSTRATRICE

Sonia Leong vit à Cambridge, au Royaume-Uni. Membre des Sweatdrop Studios, cette véritable vedette des artistes manga a remporté tant de prix qu'il serait impossible de tous les énumérer ici. Son premier roman illustré s'intitule *Manga Shakespeare : Romeo and Juliet*.

Vis d'autres aventures de héros!

Déjà parus :

Le chasseur de dragons
Mission : Espion

À paraître :

Le trésor des pirates
Le château des ténèbres

C'EST
MOI LE

HÉROS

Mission :
Espion

Steve Barlow et Steve Skidmore

Illustrations de Sonia Leong

Texte français d'Hélène Pilotto

Éditions
SCHOLASTIC

Catalogage avant publication de Bibliothèque et Archives Canada

Barlow, Steve
Mission: espion / Steve Barlow et Steve Skidmore;
illustratrice, Sonia Leong; traductrice, Hélène Pilotto.

(C'est moi le héros)
Traduction de : Code mission.
ISBN 978-1-4431-2603-8

I. Skidmore, Steve, 1960- II. Leong, Sonia III. Pilotto, Hélène
IV. Titre. V. Collection: Barlow, Steve. C'est moi le héros.

PZ23.B3678Mis 2013   j823'.914   C2012-906944-2

Conception graphique de la couverture : Jonathan Hair

5 4 3 2 1   Imprimé au Canada 121   13 14 15 16 17

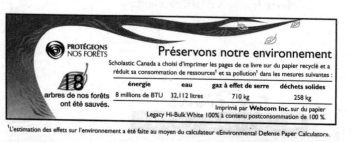

Préservons notre environnement

PROTÉGEONS NOS FORÊTS

Scholastic Canada a choisi d'imprimer les pages de ce livre sur du papier recyclé et a
réduit sa consommation de ressources[1] et sa pollution[1] dans les mesures suivantes :

	énergie	eau	gaz à effet de serre	déchets solides
18 arbres de nos forêts ont été sauvés.	8 millions de BTU	32,112 litres	710 kg	258 kg

Imprimé par **Webcom Inc.** sur du papier
Legacy Hi-Bulk White 100% à contenu postconsommation de 100 %.

[1]L'estimation des effets sur l'environnement a été faite au moyen du calculateur «Environmental Defense Paper Calculator».

FSC
www.fsc.org

MIXTE
Papier issu
de sources
responsables

FSC® C004071

Ton destin est entre tes mains...

Ce livre n'est pas un livre comme les autres, car c'est *toi* le héros de l'histoire. Tu devras prendre des décisions qui influenceront le déroulement de l'aventure. À toi de faire les bons choix!

Le livre est fait de courtes sections numérotées. À la fin de la plupart d'entre elles, tu auras un choix à faire, ce qui t'amènera à une autre section.

Certaines décisions te permettront de poursuivre l'aventure avec succès, mais sois attentif... car un mauvais choix peut t'être fatal!

Si tu échoues, recommence l'aventure au début et tâche d'apprendre de tes erreurs. Pour t'aider à faire les bons choix, coche les options que tu choisis au fil de ta lecture.

Si tu fais les bons choix, tu réussiras.

Sois un héros... pas un zéro!

Nous sommes en mai 1944. Tu es un agent d'une unité ultrasecrète du Service de renseignement de sécurité (SRS) britannique. Tu parles plusieurs langues et tu es un expert dans le maniement d'armes de toutes sortes. Depuis le début de la guerre contre l'Allemagne nazie, tu as participé à plusieurs opérations couronnées de succès en terrain ennemi.

La guerre arrive maintenant à un tournant de son histoire. Les Alliés préparent *l'opération Overlord*, qui prévoit le débarquement de milliers de soldats en Normandie. Cette invasion massive des Alliés sur le sol européen doit avoir lieu d'ici un mois.

Au cours des six derniers mois, tu as effectué plusieurs missions d'espionnage dans le nord de la France en vue du débarquement. Tu es maintenant de retour à Londres, en congé.

Ton repos bien mérité est toutefois interrompu par un appel du général Alan Cummings, ton chef de section du SRS.

— Désolé de vous déranger, mon vieux, mais on a un sacré problème sur les bras, lance-t-il d'emblée. Je vous attends au quartier général. Un chauffeur sera là dans un instant.

Le général raccroche. Tu te demandes bien quel genre de mission il va te confier.

Va au numéro 1.

1

La voiture arrive et te conduit à travers Londres, jusqu'au quartier général du service de renseignement. On te fait entrer dans le bureau du général Cummings.

L'homme est assis derrière son bureau, l'air préoccupé.

— On a un problème et vous seul pouvez nous aider à le résoudre, déclare-t-il. On nous a rapporté qu'en Normandie, les Nazis ont capturé un membre important de la Résistance française. Son nom de code est Latrec.

Tu retiens ton souffle. Tu as travaillé avec Latrec lors d'un séjour en territoire ennemi.

— Un autre rapport nous confirme qu'il est bel et bien retenu prisonnier dans un petit village près de Caen.

— Je connais Latrec, dis-tu. Il ne parlera pas.

— Malheureusement, le problème n'est pas là. Lors de sa capture, il était en possession d'un appareil ultrasecret servant à décrypter les messages codés.

Tu hoches la tête :

— J'imagine qu'il s'agit d'un appareil semblable au décodeur Enigma volé aux Allemands et qu'on utilise pour percer les codes secrets Enigma des Nazis.

— Exactement. Latrec utilisait cette machine pour décoder les ordres qu'on transmettait à la Résistance française. L'aide de la Résistance est essentielle au succès de *l'opération Overlord.* Si les Nazis découvrent l'utilité de cette machine, ils seront capables de décrypter nos messages. Ils sauront où et quand le débarquement aura lieu et l'opération tombera à l'eau. Je veux que vous alliez en France pour nous sortir de ce pétrin. Mais le temps presse. Vous devrez y aller seul et ce sera dangereux. Êtes-vous partant?

Si tu veux un peu de temps pour y penser, va au numéro 19.

Si tu es prêt à partir en mission, va au numéro 27.

2

Tu comprends que cet homme n'est pas ton contact, car il t'a donné un ancien nom de code.

— Très bien, dis-tu, conduisez-moi à Latrec.

Il sourit et se retourne pour t'indiquer le chemin.

Tu profites de l'occasion pour le frapper d'un grand coup de crosse de revolver sur la tête. Il s'écroule par terre.

— Excellent. Mais moi, je l'aurais abattu.

Tu fais volte-face, surpris d'entendre une voix inconnue. Une femme se tient devant toi. Elle te vise avec son arme.

— Je présume que vous êtes Smith? Ne vous inquiétez pas. Je ne vais pas tirer. Je suis Pierre Blanc.

Tu hoches la tête. Elle est le vrai contact envoyé par la Résistance française.

— Et lui, qui est-il? demandes-tu en désignant l'homme inconscient, étendu par terre.

— Un traître. C'est lui qui a vendu Latrec à la Gestapo, la police secrète allemande.

— Qu'allez-vous faire de lui?

— La Résistance réserve un traitement particulier aux traîtres, répond-elle. À présent, suivez-moi.

Va au numéro 33.

3

Tu te libères du harnais et tu te laisses tomber par terre. Tu perçois un mouvement. Vite, tu t'accroupis derrière un arbre. Tu aperçois bientôt la silhouette d'un grand homme qui s'avance. Il est habillé en civil et il a un fusil à la main.

Si tu veux rester caché derrière les arbres, va au numéro 22.

Si tu veux attaquer l'homme, va au numéro 47.

Si tu veux discuter avec l'homme, va au numéro 26.

4

— Le mieux serait de passer par le champ pour contourner le semi-chenillé et l'attaquer par-derrière, expliques-tu.

Avec prudence, tu rampes dans le champ de maïs jusque derrière le véhicule.

Tu constates alors qu'il n'y a que quatre soldats dans le blindé et qu'ils te tournent tous le dos. Tu as donc le champ libre pour tirer.

Si tu décides de tirer sur les soldats, va au numéro 8.

Si tu as une autre idée, va au numéro 39.

5

— On doit continuer! cries-tu au pilote. La mission est d'une importance capitale.

Les minutes qui suivent sont un véritable cauchemar. Des obus explosent autour de l'appareil. Enfin, vous réussissez à dépasser la défense aérienne.

— On l'a échappé belle, soupire le pilote. À présent, je vous conduis à l'endroit convenu.

Quelques minutes plus tard, tu te tiens dans l'embrasure de la porte de l'avion, parachute au dos, fusil sanglé au corps, et tu attends l'ordre du pilote pour sauter. L'air gronde autour de toi.

— Zone de saut en vue! crie le pilote. Dans cinq secondes…

Tu fais le décompte : 5… 4… 3… 2… 1… Tu te lances dans le vide… et dans la nuit noire.

Va au numéro 23.

6

Au moment où tu t'apprêtes à le suivre, l'homme lève subitement son arme et l'abat avec force sur ton crâne. Tu t'écroules par terre, inconscient.

Va au numéro 12.

7

Tu décides d'ouvrir ton parachute à 300 mètres d'altitude. Tu tires sur la poignée. Ton parachute s'ouvre, mais il est déjà trop tard pour bien contrôler ton atterrissage. Tu comprends que tu descends trop vite. Tu vas heurter le sol durement!

Tu devines la silhouette d'un boisé en dessous de toi. Peut-être les arbres suffiront-ils à amortir ta chute… à moins qu'au contraire, ils ne te rompent les os!

Si tu veux essayer d'atterrir dans le boisé, va au numéro 18.

Si tu préfères éviter les arbres, va au numéro 43.

8

Tu ouvres le feu sur les soldats allemands, qui n'ont aucune chance d'échapper à tes tirs.

Mais en t'avançant un peu plus, tu tombes nez à nez avec un autre soldat allemand qui vient de surgir de derrière le véhicule. Tu ne l'avais pas vu! La dernière chose que tu vois, c'est son arme pointée vers toi. Ensuite, il y a un éclair de lumière, puis c'est l'obscurité totale. Tu t'écroules au sol.

Tu as échoué! Si tu veux recommencer, va au numéro 1.

9

On te conduit à une base de la Royal Air Force non loin de là. L'avion qui t'amènera dans le nord de la France t'y attend déjà.

Avant de monter à bord, tu passes par une baraque Nissen où un soldat te remet le matériel nécessaire pour ta mission : des cartes, une boussole, de faux papiers d'identité, une lampe de poche, un couteau, un pistolet Webley et un nouveau fusil.

Si tu veux te renseigner au sujet du nouveau fusil, va au numéro 34.

Si tu veux monter tout de suite dans l'avion, va au numéro 14.

10

— Je ne peux aller nulle part, réponds-tu à l'homme.

Il rit et dit :

— Je vais vous aider à descendre de là. Détachez votre harnais, sautez et je vais vous attraper.

Tu obéis et tu te retrouves rapidement au sol, sain et sauf. Toutefois, tu n'es pas sûr de pouvoir faire confiance à l'homme.

Si tu décides de l'attaquer, va au numéro 15.

Si tu décides de discuter avec lui, va au numéro 26.

11

Tu es assis au milieu des soldats dans le camion qui te conduit au quartier général des Allemands.

Soudain, un grondement de moteurs d'avion se fait entendre, suivi du bruit des balles qui frappent le sol. On attaque le camion! Le véhicule s'arrête et les soldats en bondissent. La femme et toi, vous sortez à leur suite. Au-dessus de vos têtes, vous apercevez un avion de combat de la RAF. Il fonce sur le camion pour l'attaquer de nouveau! Les soldats allemands ripostent en lui tirant dessus.

Si tu veux te mettre à l'abri sous le camion, va au numéro 38.

Si tu préfères essayer de t'enfuir, va au numéro 42.

12

À ton réveil, ton esprit est embrouillé. Tu lèves les yeux et vois un soldat allemand penché vers toi.

— Vous êtes un espion britannique, déclare-t-il. Pour vous, la guerre est finie… La Gestapo vous attend pour vous interroger.

Impossible de fuir. C'est la fin. Si tu veux recommencer l'aventure, va au numéro 1.

13

Même si tu sais qu'il est dangereux de se déplacer en plein jour, tu décides de partir sur-le-champ.

Tu enfourches la bicyclette que la femme t'a prêtée et tu files vers le château.

Peu de temps après, tu aperçois un camion de l'armée allemande qui fonce sur la route.

Le camion s'immobilise et une douzaine de soldats en sortent. La seule cachette qui s'offre à toi est une grange sur le bord de la route.

Si tu décides d'affronter les soldats, va au numéro 21.

Si tu préfères te cacher dans la grange, va au numéro 46.

14

Il fait nuit quand l'avion s'envole pour la France.

Après une heure de vol, le pilote te demande dans le poste de pilotage.

— La côte française est en vue, annonce-t-il.

Un coup d'œil dehors te le confirme : le profil de la côte de la Normandie se dessine à l'horizon. Tu sais que d'ici un mois, des milliers d'hommes des troupes alliées débarqueront à cet endroit. Tu dois absolument réussir ta mission!

Tout à coup, le ciel s'illumine et l'avion est secoué par une série d'explosions.

— Une attaque! s'écrie le pilote.

Les projectiles fusent de toutes parts et font vibrer l'appareil violemment.

— C'est mauvais signe! grogne le pilote. Je ne suis pas sûr qu'on réussisse à passer au travers! On fait demi-tour?

Si tu décides de faire demi-tour, va au numéro 48.

Si tu préfères poursuivre ta route, va au numéro 5.

15

Tu essaies de saisir ton pistolet, mais il est déjà trop tard. Un éclair de lumière jaillit, suivi d'une forte détonation.

Tu sens une douleur fulgurante te déchirer la poitrine, puis plus rien. Ta mission a échoué et cet échec t'a coûté la vie.

L'aventure est terminée pour toi. Si tu désires la reprendre, va au numéro 1.

16

Malgré les protestations de la femme, tu décides d'attendre la nuit pour agir. Tu t'installes dans la grange et tu t'endors.

Quelque temps plus tard, le bruit d'un camion te tire du sommeil. Tu jettes un coup d'œil dehors. Un groupe de soldats allemands descend du camion et entre de force dans la ferme. Ils en sortent avec la femme qu'ils menacent de leurs fusils. Puis, ils se dirigent vers la grange.

Si tu veux sortir de la grange et affronter les soldats, va au numéro 21.

Si tu préfères rester caché dans la grange, va au numéro 46.

17

Pendant que les soldats allemands tirent sur toi, les membres de la Résistance sortent du semi-chenillé et ouvrent le feu à leur tour. Toutefois, à ton grand désespoir, tous les trois tombent rapidement sous les tirs ennemis.

Tu vois Latrec et le soldat tenant le décodeur entrer dans la voiture noire. Impuissant, tu les regardes s'éloigner à toute vitesse, tandis que les balles continuent de pleuvoir autour de toi.

D'autres soldats arrivent en renfort dans la cour et se mettent à tirer dans ta direction.

Va au numéro 21.

18

Tu t'écrases contre les arbres, mais ton parachute s'accroche dans une branche et interrompt net ta descente.

Te voilà suspendu à 15 mètres du sol, impuissant. Soudain, un craquement se fait entendre. Quelqu'un vient dans ta direction.

Si tu décides de te libérer du harnais du parachute, va au numéro 3.

Si tu préfères rester silencieux en espérant ne pas être vu, va au numéro 35.

19

— Quand puis-je vous donner ma réponse? demandes-tu.

— Bonté divine! s'écrie le général. Il n'y a pas une minute à perdre! La vie de milliers d'Alliés est menacée si les Nazis parviennent à décoder nos messages! Je veux votre réponse sur-le-champ!

Va au numéro 27.

20

Durant le trajet menant au château, les membres de la Résistance fabriquent une bombe. Le quartier général des Allemands est maintenant en vue, mais son accès est fortement protégé.

Si tu veux t'arrêter à la barrière du poste de contrôle, va au numéro 28.

Si tu veux foncer sur elle, va au numéro 45.

21

Tu ouvres le feu, mais la situation est désespérée. Les soldats allemands sont bien trop nombreux.

Tu te bats avec héroïsme jusqu'au moment où une balle te transperce la poitrine. Tu regardes tes vêtements : ils sont imbibés de sang. C'est la dernière chose que tu vois avant de fermer les yeux et de t'écrouler par terre.

Tu as échoué. Si tu veux reprendre l'aventure depuis le début, va au numéro 1.

22

Tu t'enfonces au cœur de la forêt le plus silencieusement possible. Tu vois un tronc d'arbre tombé et tu décides de te cacher derrière.

Tandis que tu es tapi au sol, une voix s'élève :

— Je sais que vous êtes ici. J'ai vu votre parachute. Montrez-vous. Je dois vous parler.

Si tu veux discuter avec l'homme, va au numéro 26.

Si tu préfères l'attaquer, va au numéro 47.

23

L'air fouette ton corps tandis que tu descends à vive allure vers le sol. Tu dois choisir le bon moment pour ouvrir ton parachute. Plus tu attends, moins tu risques d'être repéré, mais moins tu auras de contrôle sur ton lieu d'atterrissage.

Si tu veux attendre avant d'ouvrir ton parachute, va au numéro 7.

Si tu préfères l'ouvrir tout de suite, va au numéro 49.

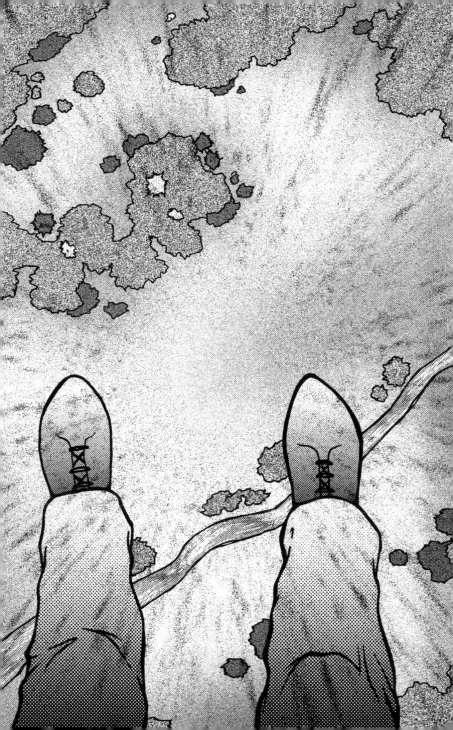

24

— Bien sûr que je sais que la Gestapo est ici, réponds-tu à la sentinelle. Les agents ont demandé mon aide. Laisse-moi passer ou je m'arrange pour que tu restes en faction tout le mois prochain!

La sentinelle s'excuse et relève la barrière.

Tu passes le poste de contrôle et roules vers le château. Arrivé dans la cour, tu remarques une voiture noire, garée près de l'entrée principale. Le chauffeur est en train d'en remplir le réservoir à essence à l'aide d'un bidon. D'autres bidons sont rangés au fond de la cour, juste à côté d'un gros char d'assaut. Tu gares le semi-chenillé et tu en sors. Au même moment, un groupe de soldats allemands arrive.

Si tu décides d'attaquer les soldats, va au numéro 21.

Si tu préfères discuter avec eux, va au numéro 32.

25

Tu vises soigneusement l'officier de la Gestapo et tu tires. Il s'écroule par terre et le décodeur lui tombe des mains. Mais les Allemands comprennent vite d'où est venu le coup de feu et ils tirent maintenant dans ta direction.

Va au numéro 17.

26

Tu commences à discuter avec l'homme, mais en restant toujours sur tes gardes.

— C'est une nuit bien sombre pour se promener en forêt, monsieur, dis-tu en avançant vers lui.

L'homme t'observe et te demande :

— Comment vous appelez-vous?

— Smith.

Il sourit.

— Je vous attendais, monsieur Smith. Je fais partie de la Résistance. Suivez-moi. Je vais vous conduire à l'endroit où Latrec est retenu prisonnier.

— Puis-je savoir votre nom? demandes-tu.

— Jacques le Rouge, répond-il.

Si l'homme ne t'inspire pas confiance, va au numéro 2.

Si tu acceptes qu'il te conduise à Latrec, va au numéro 6.

27

— Je suis partant! Qu'attendez-vous de moi, général?

— Je veux que vous alliez en France, que vous retrouviez Latrec et que vous me disiez si le décodeur est tombé aux mains des Nazis. Si oui, vous devrez le retrouver et le détruire. Nous demanderons à la Résistance française d'aller à votre rencontre et de vous escorter jusqu'à l'endroit où Latrec est enfermé. Vous partez ce soir. Avez-vous des questions?

Si tu as des questions au sujet de ta mission, va au numéro 44.

Si tu veux l'entreprendre tout de suite, va au numéro 9.

28

Tu immobilises le semi-chenillé devant la barrière du poste de contrôle. Les sentinelles te saluent.

Dans un allemand impeccable, tu annonces à l'un des soldats que tu viens en renfort pour l'interrogatoire du prisonnier.

Le soldat est méfiant. Il te fait remarquer que la Gestapo est déjà sur place.

Si tu veux forcer la barrière du poste de contrôle, va au numéro 45.

Si tu veux continuer à discuter avec la sentinelle, va au numéro 24.

Si tu veux tirer sur les sentinelles du poste de contrôle, va au numéro 21.

29

Tu tires sur la sangle du parachute et tu t'éloignes des arbres. Le sol se rapproche à grande vitesse. Tu te prépares à atterrir.

L'atterrissage se fait en douceur. Tu t'empresses de ramasser ton parachute et de courir en direction du boisé pour l'y cacher.

Tandis que tu enfouis ton parachute dans le sous-bois, tu entends une branche craquer. En scrutant l'obscurité, tu distingues la silhouette d'un homme de grande taille à dix mètres devant toi. Il est habillé en civil et il a un fusil à la main.

Si tu veux te cacher, va au numéro 22.
Si tu veux attaquer l'homme, va au numéro 47.
Si tu préfères lui parler, va au numéro 26.

30

Dans l'espoir de sauver ta peau, tu livres tous les détails de ta mission au commandant allemand. Il t'écoute attentivement et ordonne aussitôt à ses hommes d'envoyer un message radio aux officiers du château pour les informer de l'importance de la machine qu'ils ont en leur possession.

Puis, il se retourne vers toi et déclare :

— Je crois que vous ne nous êtes plus d'aucune utilité.

Il pointe son pistolet sur toi. Tu vois un éclair de lumière, puis plus rien.

Tu as révélé l'objectif de ta mission et cela t'a coûté la vie. Si tu veux recommencer l'aventure, va au numéro 1.

31

La femme et toi, vous vous frayez un chemin dans le fossé, puis vous coupez à travers champs, en évitant les tirs du semi-chenillé.

Vous aboutissez derrière la ferme. On vous y fait entrer et on vous présente à quatre membres de la Résistance.

Dehors, les tirs du véhicule blindé sont nourris.

— On ne peut pas rester ici, décides-tu. Les Allemands vont demander de l'aide par radio. Il faut agir tout de suite.

Va au numéro 4.

32

— Où est le prisonnier? demandes-tu.

Un soldat te salue, désigne le château et te dit :

— La Gestapo le garde à l'étage. Je ne voudrais pas être à sa place.

Tu remercies le soldat et tu entres dans le château avec ton fusil. Les membres de la Résistance et leur bombe restent dans le semi-chenillé.

Tu te précipites à l'étage, mais une fois en haut, tu ne trouves aucune trace de Latrec. Soudain, tu entends des cris à l'extérieur. Tu te rues sur un balcon pour voir ce qui se passe. En bas, dans la cour, des officiers de la Gestapo escortent Latrec jusqu'à la voiture noire. L'un des officiers tient le décodeur!

Si tu choisis de tirer sur eux au plus vite, va au numéro 41.

Si tu préfères attendre quelques secondes pour bien viser, va au numéro 37.

33

Tu suis la femme à travers champs. Quand le soleil se lève, vous arrivez à une ferme.

La femme te conduit à une grange où on t'a préparé de quoi boire et manger. Pendant que tu te rassasies, elle t'explique où Latrec est emprisonné.

— Nos contacts affirment qu'il a été conduit au château tout près. Des agents de la Gestapo ont quitté Paris pour venir l'interroger. Ils sont déjà en route. Vous avez peu de temps pour agir.

Si tu décides de te rendre immédiatement au château, va au numéro 13.

Si tu préfères attendre la tombée de la nuit, va au numéro 16.

34

— Ce fusil ressemble à un De Lisle, fais-tu remarquer.

— C'est exact, répond le soldat. Précis jusqu'à 250 mètres, il tire 20 balles à la minute.

Il te remet l'arme. Tu sors de la baraque et te diriges vers l'avion.

Va au numéro 14.

35

Du haut de l'arbre, suspendu dans le vide et impuissant, tu vois arriver un homme en contrebas. Il est habillé en civil, mais est armé d'un fusil.

Ton cœur bat à tout rompre en le voyant s'arrêter juste en dessous de toi. Tu fais un geste pour prendre ton pistolet, mais c'est déjà trop tard : l'homme t'a aperçu.

Il s'esclaffe et braque son fusil sur toi en disant :

— Pas un geste, s'il vous plaît.

Si tu veux quand même tenter d'attraper ton pistolet, va au numéro 15.

Si tu décides plutôt d'attendre et de voir ce que l'homme va dire, va au numéro 10.

36

— Je vous donnerai seulement mon nom, mon grade et mon numéro de matricule, déclares-tu au commandant allemand.

— Très bien, dit-il en hochant la tête. Je crois qu'une petite visite à la Gestapo devrait vous faire changer d'idée.

Les soldats t'escortent jusqu'au camion et t'y font grimper. La Française surnommée Pierre Blanc se trouve déjà à bord.

— Ne vous inquiétez pas, tout va bien se passer, lui dis-tu.

Mais en ton for intérieur, tu sais que l'heure est grave.

Va au numéro 11.

37

Tu te rends compte que tu ne dois pas rater ton coup. Tu vises avec soin, mais tu hésites : devrais-tu tirer sur le décodeur ou sur l'officier?

Si tu décides de viser l'officier de la Gestapo qui transporte le décodeur, va au numéro 25.

Si tu décides de viser le décodeur, va au numéro 40.

38

Tu plonges sous le camion au moment même où l'avion le survole avec fracas. Puis, l'air s'emplit du sifflement d'une bombe qu'on largue.

La dernière chose que tu entends, c'est un bruit d'explosion. La bombe est tombée sur le camion et l'a transformé en brasier.

Tu as échoué. Si tu désires recommencer l'aventure, va au numéro 1.

39

Tu t'avances et tu tires juste au-dessus des soldats allemands. Tu leur ordonnes de se rendre. Ils comprennent que la situation est sans espoir. Ils déposent leurs armes et lèvent les bras en l'air.

Les combattants de la Résistance neutralisent les autres soldats et te rejoignent. Tu leur expliques que ta mission consiste à détruire le décodeur.

— On va utiliser les uniformes des Allemands et leur véhicule blindé pour accéder au château.

Trois volontaires enfilent les uniformes allemands. Tu revêts un uniforme d'officier et tu dis au revoir à la femme, en prenant soin de la remercier de son aide. Puis, vous grimpez tous les quatre à bord du semi-chenillé et vous vous mettez en route vers le château.

Va au numéro 20.

40

Tu vises l'appareil et tu tires. Le décodeur vole en miettes! Tu vises ensuite les bidons d'essence qui se trouvent tout près du char d'assaut. Ils explosent sur-le-champ et le véhicule blindé prend feu. Une épaisse fumée envahit la cour.

Va au numéro 50.

41

Tu ouvres le feu, mais dans ta hâte, tu vises mal et tu rates ta cible.

Les officiers de la Gestapo comprennent qu'ils sont attaqués et ils ordonnent aux soldats de riposter.

Va au numéro 17.

42

Les soldats allemands sont trop occupés pour te voir reprendre ton fusil dans le camion. La femme et toi, vous courez vous cacher dans le fossé qui borde un champ de maïs.

Tandis que l'avion s'éloigne en vrombissant, une autre volée de balles frappe le camion. L'attaque vient d'une ferme.

— C'est la Résistance, explique la femme.

Le combat est intense. La Résistance inflige plusieurs pertes aux Allemands. Toutefois, juste au moment où la victoire semble acquise, un semi-chenillé allemand arrive sur les lieux et commence à tirer sur la ferme.

— Ils ont besoin d'aide, déclare la femme.

Si tu choisis de te frayer un chemin jusqu'à la ferme, va au numéro 31.

Si tu décides de traverser le champ à la suite du semi-chenillé, va au numéro 4.

43

Tu te prépares à atterrir. Le sol se rapproche à toute vitesse. Tu le frappes de plein fouet et es aussitôt projeté vers l'avant. Ta tête heurte le sol dur. Tu sens une douleur fulgurante t'envahir, puis plus rien. Tu viens de perdre connaissance.

Va au numéro 12.

44

— Comment saurai-je qu'il s'agit bien de mon véritable contact de la Résistance française? demandes-tu. Si Latrec a été capturé, c'est sûrement que quelqu'un l'a trahi.

— Tout à fait, répond le général. Nous allons transmettre à la Résistance un nom de code par radio. Quand votre contact vous demandera votre nom, répondez « Smith ».

— Et quel sera le nom de code du contact?

— Ce sera « Pierre Blanc », répond le général. À présent, courez au terrain d'aviation. Il n'y a pas une minute à perdre.

Va au numéro 9.

45

Tu appuies à fond sur l'accélérateur du semi-chenillé et tu fonces sur la barrière en bois.

Les sentinelles allemandes ouvrent aussitôt le feu. Tes trois compagnons ripostent.

Tu roules à toute allure vers le château, mais un char d'assaut allemand arrive soudainement en sens inverse. Il tire sur ton véhicule.

Tu tentes d'éviter les obus qui explosent, mais l'un d'eux éclate juste devant le semi-chenillé, te forçant à freiner brusquement. Les résistants et toi sortez du véhicule en feu pour affronter l'ennemi.

Va au numéro 21.

46

Tu te réfugies au fond de la grange, mais avant que tu puisses te cacher, les soldats font irruption dans le bâtiment, arme au poing, en criant :

— Rendez-vous!

Tu comprends que la situation est désespérée. Tu laisses tomber ton arme et tu lèves les mains en l'air.

Le commandant allemand avance vers toi :

— Nous savons que vous avez été parachuté ici, dit-il. En quoi consiste votre mission? Dites-le-nous et vous aurez la vie sauve.

Si tu décides de leur parler de ta mission, va au numéro 30.

Si tu refuses, va au numéro 36.

47

Tu surgis de ta cachette, pistolet en main. Mais avant même que tu aies pu tirer, l'homme t'aperçoit et il s'enfuit à travers bois. Furieux, tu t'élances à sa poursuite.

Il fait noir et le sous-bois est dense. Tu trébuches et tu tombes. Au moment où tu te relèves, une branche craque sur ta gauche. Tu te retournes, mais déjà, l'homme est sur toi. La dernière chose que tu aperçois, c'est la crosse d'un fusil qu'on balance avec force. L'objet s'abat sur le côté de ta tête et le coup t'envoie au sol, inconscient.

Va au numéro 12.

48

— Demi-tour! ordonnes-tu au pilote. On va tenter de passer par une autre route.

Le pilote obéit et tire sur le levier de commande. Au même moment, une énorme explosion retentit. Une des ailes de l'avion se détache de l'appareil.

— Nous sommes touchés! Sautez! hurle le pilote.

Tu te précipites vers la porte de l'avion, mais il est déjà trop tard. Un autre obus explose. L'avion s'embrase et devient rapidement une grosse boule de feu.

Ton aventure est terminée. Si tu veux la recommencer, va au numéro 1.

49

Tu tires sur la poignée et ton parachute s'ouvre. Dans ta chute, tu te rends compte que tu descends tout droit vers un boisé. L'endroit te mettrait à l'abri des regards indiscrets, mais atterrir dans les arbres est une manœuvre dangereuse.

Si tu choisis d'atterrir loin du boisé, va au numéro 29.

Si tu choisis d'atterrir dans le boisé, va au numéro 18.

50

Tu profites du chaos et de la confusion qui règnent dans la cour pour te précipiter dehors. Tu constates que Latrec a été sauvé par les membres de la Résistance. Les officiers de la Gestapo gisent par terre, morts.

Tu sautes à bord du semi-chenillé tandis qu'il s'éloigne. Puis le véhicule défonce la barrière au passage. Au même moment, une énorme explosion ébranle le château. Tu te retournes et aperçois de grandes flammes s'élever dans les airs.

— C'est la bombe que nous avons placée, explique un membre de la Résistance. Un petit cadeau en souvenir de nous!

— Je crois que les Nazis ne nous oublieront pas de sitôt! répliques-tu.

Latrec te donne une bonne tape dans le dos.

— Tu es un héros! lance-t-il.

Tu souris. Les plans des Alliés entourant *l'opération Overlord* vont demeurer secrets. Tu as réussi ta mission!

ARTISTE AU TRAVAIL!

Salut! Je m'appelle Sonia et je fais les illustrations des livres de la collection « C'est moi le héros ». J'œuvre surtout comme artiste du manga et j'anime des ateliers de dessin.

Le travail pour cette collection se divise en trois étapes. Je fais d'abord une esquisse de la scène au crayon. Ensuite, j'apporte les changements demandés et je repasse le dessin à l'encre. Enfin, j'ajoute des couches de texture pour créer les fonds et les ombres.

L'esquisse, à gauche, est très différente du dessin final, à droite! J'ai enlevé le personnage en faisant le dessin final, car je devais montrer le point de vue du balcon vers la cour en bas.

Voici l'illustration de la dernière page montrant l'explosion finale au château. L'esquisse présente une idée générale de ce que sera le dessin. Les ombres du dessin final apportent beaucoup à l'ensemble. J'ai aussi ajouté des cônes en haut des tourelles pour améliorer l'apparence du château.